ASILE PUBLIC D'ALIÉNÉS
DE MONTDEVERGUES

COMPTE MORAL
PRÉSENTÉ PAR LE DIRECTEUR

A L'APPUI DE SON COMPTE ADMINISTRATIF DE 1913

NANCY

IMPRIMERIE BERGER-LEVRAULT
18, RUE DES GLACIS, 18

—

1914

ASILE PUBLIC D'ALIÉNÉS
DE MONTDEVERGUES

COMPTE MORAL

PRÉSENTÉ PAR LE DIRECTEUR

A L'APPUI DE SON COMPTE ADMINISTRATIF DE 1913

NANCY

IMPRIMERIE BERGER-LEVRAULT

18, RUE DES GLACIS, 18

—

1914

8 Te 66
168 6a

ASILE PUBLIC D'ALIÉNÉS DE MONTDEVERGUES

Le Directeur de l'asile de Montdevergues à M. le Préfet de Vaucluse.

Conformément aux dispositions de l'article 14 du Règlement du 27 mars 1857 sur le service intérieur des asiles, j'ai l'honneur de vous présenter le compte administratif et moral pour l'exercice 1913.

Ce rapport renferme l'ensemble des documents nécessaires à l'explication de la gestion de l'établissement pendant l'année 1913 et des opérations financières auxquelles cette gestion a donné lieu.

Il est divisé en huit chapitres qui traitent :

1° Du mouvement de la population ;

2° Du personnel ;

3° De la gestion matière ;

4° De la gestion financière ;

5° De la situation financière ;

6° Du prix de revient ;

7° Des améliorations réalisées ;

8° Des améliorations à réaliser.

CHAPITRE I

Mouvement de la population

Aliénés.

D'après les tableaux suivants, le nombre total des aliénés existant à l'asile de Montdevergues à la date du 1er janvier 1913 était de 1.513.

Au 31 décembre de la même année, le nombre total des aliénés existants était de 1.536.

Tableau

Mouvement de la population pendant l'année 1913 (Aliénés).

ALIÉNÉS PRÉSENTS A LA DATE DU 1er JANVIER 1913

Vaucluse			Gard			Hautes-Alpes			Basses-Alpes			Autres départements			État			Au compte des familles			Totaux des aliénés présents au 1er janvier 1913		
H	F	T	H	F	T	H	F	T	H	F	T	H	F	T	H	F	T	H	F	T	H	F	T
206	254	460	274	280	554	53	75	128	68	73	141	12	8	20	2	»	2	103	105	208	718	795	1.513

MALADES ADMIS EN 1913

Vaucluse			Gard			Hautes-Alpes			Basses-Alpes			Autres départements			État			Au compte des familles			Totaux des admissions en 1913		
H	F	T	H	F	T	H	F	T	H	F	T	H	F	T	H	F	T	H	F	T	H	F	T
36	50	86	53	56	109	8	10	18	9	15	24	»	»	»	1	»	1	31	44	75	138	175	313

Totaux des aliénés présents au 1er janvier 1913 . . . . . . 718 795 1.513

Totaux des aliénés traités pendant l'année 1913 . . . . . . 856 970 1.826

MALADES SORTIS PENDANT L'ANNÉE 1918

par guérison			par amélioration			par transfèrement			pour autres causes			par décès			TOTAUX des sorties et décès		
H	F	T	H	F	T	H	F	T	H	F	T	H	F	T	H	F	T
33	43	76	20	44	64	6	5	11	5	3	8	65	66	131	129	161	290

MALADES EXISTANT AU 31 DÉCEMBRE 1918

Vaucluse			Gard			Hautes-Alpes			Basses-Alpes			Autres départements			Mar.			Au compte des familles			TOTAUX des aliénés au 31 décembre 1918		
H	F	T	H	F	T	H	F	T	H	F	T	H	F	T	H	F	T	H	F	T	H	F	T
201	254	455	295	298	593	53	70	123	67	73	140	6	4	10	1	»	1	99	106	205	727	809	1.536

Le nombre de malades traités à l'asile de Montdevergues pendant l'année 1913 a été de 1.826.

Ces 1.826 malades ont donné 556.878 journées de présence, savoir :

Journées de pensionnaires. 76.555
Journées d'indigents 480.323

Total. 556.878

Agents nourris.

Le personnel nourri à l'asile a donné 62.284 journées de présence, dont 4.628 à titre remboursable.

CHAPITRE II

PERSONNEL

Commission de surveillance.

MM. Aymard, notaire, conseiller général, Apt;
Gleize, avocat, conseiller général, Orange ;
Bouvier, représentant de commerce, Avignon ;
Chabas, conseiller général, Avignon ;
Charlet, conseiller général, Avignon (Monclar);
Valayer, maire d'Avignon ;
Char, maire de L'Isle-sur-Sorgue.

ADMINISTRATION

MM. de Genneville, directeur;
Garnesson, receveur ;
Labrouas, économe;

MM. Durand, secrétaire de la direction ;

Gerbal, 1er commis de la direction ;

Rousset, 2e commis de la direction ;

Paul, secrétaire de l'administration provisoire ;

Rigault, secrétaire du service médical ;

Fortias, 1er commis d'économat ;

Milani, 2e commis d'économat ;

Retty, commis à la recette ;

Labonde, archiviste.

M. Pleindoux, vétérinaire départemental à Avignon, est chargé du service vétérinaire de l'asile et de l'inspection des viandes.

Service médical

MM. le Dr Broquère, médecin en chef ;

le Dr Clément, médecin adjoint ;

le Dr Charpenel, médecin adjoint ;

Lévy, interne ;

Castilhon, interne ;

Scotti, interne ;

Clergue, interne.

Service religieux

MM. Cartoux, aumônier ;

Autrand, pasteur ;

Sau, organiste.

Service hospitalier (hommes)

MM. Garas, surveillant en chef ;

Lagarde, sous-surveillant en chef.

	CHEF	INFIRMIERS
Grand pensionnat.	1	6 (1)
Petit pensionnat	1	3
Infirmerie.	1	3
1re section	1	4
2e —	1	4
3e —	1	3
4e —	1	4
5e —	1	3
6e —	1	3
7e —	1	4
8e —	1	5
9e — Ferme de Bel-Air.	1	3
VEILLEURS :		
1 à la 5e section	»	1
1 à la 7e —	»	1
1 à la 8e —	»	1
1 à l'infirmerie	»	1
1 pour les remplacements.	»	1
SERVICE DES TRANSFÈREMENTS :		
M. Georges.	»	1
TOTAUX	12	51
BAIGNEURS :		
MM. Forestier.		
Vigne.		

SERVICE HOSPITALIER (FEMMES)

Mmes Suchel (sœur Hortense), surveillante en chef;
    Hodin (sœur Saint-Denis), sous-surveillante en
    chef.

---

(1) Dont 3 particuliers.

	SOUS-SURVEIL-LANTES	SŒURS infirmières	INFIRMIÈRES
Grand pensionnat	1	2	3 (1)
Petit pensionnat	1	2	2
Infirmerie	1	1	2
1re section	1	2	1
2e —	1	1	2
3e —	1	1	3
4e —	1	1	2
5e —	1	1	2
6e —	1	3	3
7e —	1	1	3
8e —	1	1	2
9e —	1	2	3
Bains	1	»	1
VEILLEUSES :			
1 à la 7e section	»	»	1
1 à l'infirmerie	»	»	1
Pharmacie	1	1	»
Lingerie	1	4	»
TOTAL	15	23	31.

SERVICE DES TRANSFÈREMENTS :

Sœur Gacon.
Sœur Aurélia.

SERVICES GÉNÉRAUX

Surveillant des travaux	1	Caviste	1
Mécanicien électricien	1	Boulangers	3
Maçons	2	Chauffeurs	4
Cordonniers	3	Garde-magasin	1
Chaudronnier	1	Garçon de bureau vague-	
Menuisiers	2	mestre	1
Boucher	1	Cocher	1
Charcutier	1	Peintre	1
Serruriers	2	Coiffeurs	2

(1) Dont 1 particulière.

Commissionnaire	1	Buandiers	4
Vannier	1	Repasseuse	1
Préposée à la pharmacie	1		
Préposée à la lingerie	1		
Concierges (porte principale et porte de Bel-Air)	2		

Culture.

Cultivateurs	2
Chef jardinier	1

Cuisine.

Chef cuisinier	1	Jardinier	1
Aides cuisiniers	5	Aide jardinier	1
Chauffeur	1	Jardinier fleuriste	1
Dépensière (religieuse)	1	Vacher	1
		Porcher	1

Buanderie.

		Terrassier	1
Chef buandier	1	Charretiers	2

REPOSANTS

	DATE DE L'ADMISSION à la reposance
MM. Ginoux (Joseph)	1er novembre 1900
Nouguès (Jacques)	1er mai 1901
Blanc (Esprit)	1er mai 1906
Chorier (Joseph)	1er mai 1906
Palestin (Auguste), décédé le 4 avril 1913	1er septembre 1906
Reboul (Pierre)	1er septembre 1906
Bouscarle (François)	1er juillet 1907
Buis (Noël)	1er janvier 1911
André (Louis)	1er janvier 1912
Gromelle (Joseph	1er janvier 1912
Bourrely (Adolphe)	1er mai 1912
Vincent (Marius)	1er mai 1912
Giautard (François)	1er septembre 1912
Ode (Jacques)	1er septembre 1912
Garcin (Antoine)	24 septembre 1913
Masse (Jean)	24 septembre 1913

REPOSANTES

Mmes Deyglun, née Amphoux	1er janvier 1904
Vacheyran, née André	15 avril 1904
Combaluzier (sœur Célestine)	1er septembre 1907
Friedrich (sœur Agnès)	1er septembre 1907
Lèbre (sœur Théodothée)	1er septembre 1907
Ferrand, femme Bourg	1er mai 1908
Duduc (sœur Hugues)	1er juillet 1910
Génin (Marie)	24 septembre 1913

NOTA. — M. Reboul et Mme Vacheyran, reposants, ont reçu chacun, en 1913, une pension de 300 francs, en échange de la reposance.

CHAPITRE III

GESTION MATIÈRE

Quantités entrées en magasin.

Restant en magasin au 31 décembre 1912.	81.967ᵗ »
Quantités achetées pendant l'année 1913.	2.012.147 13
Quantités récoltées	519.858 50
Quantités confectionnées.	355.370 25
TOTAL.	2.969.342ᵗ 88

Quantités sorties.

Quantités livrées à la consommation. 2.873.131ᵗ03	
Quantités livrées en confectionnement 14.907 45	2.888.038ᵗ 48
Quantités restant en magasin au 31 décembre 1913.	81.304 40
Les quantités achetées ont coûté	503.909 36
Les quantités récoltées ont été évaluées à.	101.434 58
TOTAL de la dépense pour la gestion matière	605.343ᵗ 94
Les sommes payées au 31 décembre 1913 s'élèvent à.	400.887ᵗ 23
Le montant des récoltes s'élevait à.	101.434 58
Les restes à payer (solde des achats au 31 décembre 1913) s'élèvent à	103.022 13
TOTAL égal à la dépense de la gestion matière	605.343ᵗ 94

Restants en magasin au 31 décembre 1913.

QUANTITÉS	DÉSIGNATION	MONTANT
1.228 »	Farine	2.108f 28
251 »	Viande.	376 35
383 »	Vin	111 83
7.276,10	Comestibles	2.047 73
341 »	Chauffage et éclairage	87 86
674 »	Blanchissage.	335 31
52 »	Lingerie.	113 75
104,30	Bâtiments	216 95
70.432 »	Fourrage et litière.	5.064 58
227 »	Écurie, vacherie, porcherie	26.852 50
7 »	Tabac.	10 50
301 »	Pharmacie.	452 17
28 »	Frais de culte	14 »
81.304,40	TOTAL	37.791f 81

Restes à recouvrer sur les frais d'entretien des aliénés au compte des départements pendant l'année 1913.

DÉPARTEMENTS	PRIX ET NOMBRE de journées	MONTANT des titres au 31 déc. 1913	RECETTES effectuées au 31 mars 1914	RESTES à recouvrer au 31 mars 1914
Gard.	4.098 journées à 1ᶠ 40	293.435ᶠ 80	288.698ᶠ 14	4.737ᶠ 66
Basses-Alpes. . .	1.388 journées à 1ᶠ 40	71.815 80	69.872 »	1.943 80
Bouches-d.-Rhône	1.095 journées à 1ᶠ 50	1.642 50	» »	1.642 50
Départem. d'Oran.	28 journées à 1ᶠ 50	42 »	» »	42 »

TOTAL des restes à recouvrer. . . . 8.365ᶠ 96

1º Par lettre du 14 mars 1914, M. le préfet du Gard a fait connaître à M. le préfet de Vaucluse que la somme de 4.737 fr. 66, restant due par son département sur le montant des frais d'entretien d'aliénés pendant le 4ᵉ trimestre de 1913, serait inscrite au budget additionnel de 1914.

2º Par lettre du 24 janvier 1914, M. le préfet des Basses-Alpes a fait connaître à M. le préfet de Vaucluse que la somme de 1.943 fr. 80, restant due par son département sur le montant des frais d'entretien d'aliénés pendant le 4ᵉ trimestre de 1913, serait mandatée en avril 1914.

3º Par télégramme du 13 mars 1914, M. le préfet des Bouches-du-Rhône a fait connaître à M. le préfet de Vaucluse que la somme de 1.642 fr. 50, restant due par son département sur le montant des frais d'entretien d'aliénés pendant l'année 1913, serait mandatée après l'approbation du budget additionnel de 1914.

4º La somme de 42 francs, dont le département d'Oran était redevable, a été payée le 18 mai 1914.

TABLEAUX

ARTICLES du budget	DÉSIGNATION DES RECETTES	BUDGETS primitif et supplémentaire	MONTANT des produits	RECETTES effectuées	RESTES à recouvrer
	CHAPITRE 1				
	RECETTES ORDINAIRES				
	SECTION I				
	RECETTES EN ARGENT				
1	Intérêts de fonds au Trésor	700f »	745f22	745f22	»
2	Aliénés au compte de Vaucluse	100.000 »	100.000 »	100.000 »	»
3	Aliénés au compte d'autres départements	422.487 50	431.205 98	422.840 02	8.365f96
	Gard . . . 209.597 journées à 1,40 . . . . 293.435 80				
	H.-Alpes { 1.315 — 1,20 1.578 » / 55.309 25 42.985 — 1,25 53.731 25 }				
	B.-Alpes . 51.297 — 1,40 . . . . . 71.815 80				
	Drôme . . 1.081 — 1,50 . . . . . 1.621 50				
	Seine . . 1.460 — 1,50 . . . . . 2.190 »				
	Bouches- du-Rhône 1.095 — 1,50 . . . . . 1.642 50				
	Ille-et-Vilaine. 49 — 1,50 . . . . . 73 50				
	Nièvre . . 11 — 1,50 . . . . . 16 50				
	Ardèche . 365 — 1,50 . . . . . 547 50				
	Gironde . 212 — 1,50 . . . . . 318 »				
	Corse . . 190 — 1,50 . . . . . 285 »				
	Rhône . . 640 — 1,50 . . . . . 960 »				
	Doubs . . 365 — 1,50 . . . . . 547 50				
	Hérault. . 795 — 1,50 . . . . . 1.192 50				
	Alger. . . 365 — 1,50 . . . . . 547 50				
	Oran. . . 28 — 1,50 . . . . . 42 »				
	Assistance publ. de Vaucluse. 409 — 1,37 . . . . . 560 33				
	Assistance publ. du Gard. . 72 — 1,40 . . . . . 100 80				
	TOTAL ÉGAL 431.205 98				
4	Aliénés au compte des familles. — Classe exceptionnelle.	»	»	»	»
5	Aliénés au compte des familles. — 1re classe	9.398 75	12.159 15	12.159 15	»
	La somme de 12.159f15, montant des titres et des recouvrements effectués au 31 décembre 1913, représente 2.361 journées à 5f15 = 12.159f15.				
6	Aliénés au compte des familles. — 2e classe	32.850 »	36.200 60	36.200 60	»
	La somme de 36.200f60, montant des titres et des recouvrements effectués au 31 décembre 1913, représente : 9.759 journées à 3f60. . . 35.132 40 } 365 — 2,73972 1.000 » } 36.200 60 31 — 2,20 . . 68 20 }				
	Cette somme de 68f20 provient d'un supplément ajouté par une famille au prix de journée payé par le Gard pour faire donner à un malade indigent le régime de la 2e classe.				
7	Aliénés au compte des familles. — 3e classe	53.655 »	49.713 95	49.493 45	220 50
	La somme de 49.713f95, montant des titres, représente : A 2.969 journées { 18.900 journées à 2f45. 46.305 » } 1.784 — 1,05. 1.873 20 } 730 — 1,20. 876 » } 49.713 95 455 — 1,45. 659 75 }				
	A) Suppléments ajoutés par les familles au prix de journée payé par les départements pour faire donner à des malades indigents le régime de la 3e classe.				
	La somme de 220f50 restant à recouvrer est due pour frais de pension pendant le 1er trimestre 1913 de l'aliéné Papel Gabriel.				
8	Aliénés au compte des familles. — 4e classe	61.393 »	61.794 50	60.733 10	1.061 40
	La somme de 61.794f50, montant des titres, représente :				
	A reporter	680.484f25	691.819f40	682.171f54	9.647f86

ASILE MONTDEVERGUES — CHAPITRE MORAL

ARTICLES du budget	DÉSIGNATION DES RECETTES	BUDGETS primitif et supplémentaire	MONTANT des produits	RECETTES effectuées	RESTES à recouvrer
	Report	680.484f 25	691.819f 40	682.171f 54	9.647f 86
	35.855 journées à 1f 45. . . 51.989f 75				
	365 — 1,40. . . 511 »				
	641 — 1,30. . . 833 30				
	92 — 1,20. . . 110 40				
	184 — 1,15. . . 211 60				
	61 — 1,05. . . 64 05 ⎫ 61.794 50				
	7.941 — 1, ». . . 7.941 » ⎬				
	A ⎰ 276 — 0,30. . . 82 80 ⎭				
	⎱ 92 — 0,20. . . 18 40				
	184 — 0,15. . . 27 60				
	92 — 0,05. . . 4 60				
	A) Sept pensions portées de 1f à 1f 30, 1f 20, 1f 15 et 1f 05 à partir du 1er juillet 1913. Rappel de la différence fait pendant le 4e trimestre 1913, ces augmentations ayant été notifiées à l'Asile après l'expiration du 3e trimestre.				
	La somme de 1.061f 40, restant à recouvrer, est due pour frais de pension des aliénés Bouchard, veuve Rigouard . . . . 662f 65 et Papel Gabriel (passé à la 4e classe le 1er avril 1914) 398 75				
	TOTAL 1.061 40				
9	Domestiques au compte des familles.	4.800 »	5.074 25	5.074 25	»
10	Vente d'os et d'objets hors de service	1.100 »	1.386 32	1.386 32	»
	Chiffons. . . . . 234 »				
	Os 702 80				
	Cornes 102 52				
	Vente de deux machines à laver. . . . . 350 »				
	TOTAL ÉGAL 1.386 32				
11	Vente de produits excédant les besoins.	19.000 »	18.191 54	18.191 54	»
	Porcs. 15.639 01				
	Vente de deux chevaux. . . . . 800 »				
	Vente d'une jument. . . . . 260 »				
	Cuirs 46 25				
	Boyaux . . . . 263 »				
	Foin. 1.183 28				
	TOTAL ÉGAL. . . . 18.191 54				
12	Recettes accidentelles.	12.000 »	12.501 47	12.501 47	»
	Nourriture à titre remboursable et location de chambres . . . . 6.820 »				
	Cercueils pour transports de corps. 2.134 50				
	Inhumations de pensionnaires 495 25				
	Pécule des aliénés décédés 1.854 52				
	Confection et réparation de chaussures . . 655 25				
	Prix obtenu au concours agricole . . . . 50 »				
	Camionnage de marchandises de la gare de Montfavet à l'Asile. 96 20				
	Restitution par M. Zaccharowicz, professeur d'agriculture, de primes perçues en trop sur la production des betteraves . . 382 50				
	Restitution du prix d'une couverture emportée par un malade évadé 11 25				
	Restitution d'un supplément de taxe perçu en trop pour expédition d'un télégramme. 2 »				
	TOTAL ÉGAL 12.501 47				
13	Remboursement d'avances faites aux familles	13.000 »	12.507 96	12.507 96	»
14	Transport d'aliénés	3.000 »	3.102 75	3.102 75	»
15	Trop perçu	500 »	»	»	»
16	Aliénés au compte de l'État	438 »	237 55	237 55	»
17	Vente des produits de la Carrière.	500 »	»	»	»
	A reporter	734.822f 25	744.821f 24	735.173f 38	9.647f 86

ARTICLES du budget	DÉSIGNATION DES RECETTES	BUDGETS primitif et supplémentaire	MONTANT des produits	RECETTES effectuées	RESTES à recouvrer
	Report	734.822f25	744.821f24	735.173f38	9.647f86
	SECTION II				
	REVENUS EN NATURE ET PRODUIT DU TRAVAIL DES ALIÉNÉS				
	Revenus en nature				
18	Partie servant à la consommation	70.000 »	82.867 29	82.867 29	»
	Partie vendue au dehors	»	»	»	»
	Produit du travail des aliénés				
19	Partie servant à la consommation	100.000 »	95.965 »	95.965 »	»
	Partie vendue au dehors	»	»	»	»
	TOTAUX des recettes ordinaires . . .	904.822 25	923.653 53	914.005 67	9.647 86
	CHAPITRE II				
	RECETTES EXTRAORDINAIRES				
20	Subvention supplémentaire départementale pour solder le déficit du budget additionnel de l'exercice 1912 .	20.000 »	20.000 »	20.000 »	»
	TOTAUX des recettes extraordinaires . . .	20.000 »	20.000 »	20.000 »	»
	CHAPITRE III				
	RECETTES SUPPLÉMENTAIRES				
	BUDGET ADDITIONNEL				
1	Excédent de recettes de 1912 . . . . . . 19.698f87				
	Restes à recouvrer de 1912				
2	Aliénés au compte des départements	3.060 10	3.060 10	3.060 10	»
3	— des familles, 3e classe	66 84	66 84	»	66 84
4	— 4e classe	414 42	414 42	131 67	282 75
5	Recettes accidentelles	100 50	100 50	30 25	70 25
6	Reliquat de l'emprunt au Crédit foncier pour la reconstruction de la 8e section des hommes (Somme rattachée au budget départemental). .	20.638 51	»	»	»
	Restes à recouvrer de 1911				
7	Aliénés au compte des familles, 4e classe	529 25	529 25	529 25	»
8	Remboursement d'avances faites aux familles	9 »	9 »	9 »	»
9	Aliénés au compte de l'État (Somme admise en non-valeur)	166 80	»	»	»
	Restes à recouvrer de 1910				
10	Aliénés au compte des familles, 4e classe	251 60	251 60	251 60	»
11	Transport d'aliénés (Somme admise en non-valeur) . .	20 »	»	»	»
12	Aliénés au compte de l'État (Somme admise en non-valeur)	51 »	»	»	»
	Restes à recouvrer de 1909				
13	Aliénés au compte des familles, 4e classe	336 50	336 50	»	336 50
14	Vente de produits excédant les besoins	2.107 95	2.107 95	»	2.107 95
	Restes à recouvrer de 1908				
15	Recettes accidentelles (Somme admise en non valeur).	50 85	»	»	»
	Restes à recouvrer de 1907				
16	Aliénés au compte de l'État	80 40	80 40	80 40	»
	Restes à recouvrer de 1903				
17	Transport d'aliénés (Somme admise en non-valeur) . .	20 »	»	»	»
18	Aliénés au compte de l'État (Somme admise en non-valeur)	336 »	»	»	»
	TOTAUX des recettes supplémentaires . . .	28.242f72	6.956f56	4.092f27	2.864f29
	RÉCAPITULATION				
	Recettes ordinaires	904.822f25	923.653f53	914.005f67	9.647f86
	Recettes extraordinaires	20.000 »	20.000 »	20.000 »	»
	Recettes supplémentaires	28.242 72	6.956 56	4.092 27	2.864 29
	TOTAUX des recettes	953.064f97	950.610f09	938.097f94	12.512f15

ARTICLES du budget	DÉSIGNATION DES DÉPENSES	CRÉDITS ouverts	DÉPENSES effectuées	RESTES non employés
	CHAPITRE I			
	DÉPENSES ORDINAIRES			
	SECTION I			
1	Traitement du directeur :			
	Budget primitif . . . . 5.000ᶠ » } 5.170ᶠ »	5.000ᶠ »	4.166ᶠ 67	1.003ᶠ 33
	— additionnel . . . . . . 170 » }			
2	Traitement du receveur	4.000 »	4.000 »	»
3	Traitement de l'économe et des employés d'administⁿ.	22.536 »	22.243 »	293 »
	Économe . . . . 3.700 »			
	Secrétaire. . . . . 2.900 »			
	1ᵉʳ commis de direction . . . . . 2.475 »			
	2ᵉ — 2.475 »			
	Secrétaire de l'administration provisoire . 2.475 »			
	1ᵉʳ commis d'économat . . . . 2.200 »			
	2ᵉ — — 1.650 »			
	Commis de recette . . . . 2.750 »			
	Archiviste. . . . . 1.318 »			
	Secrétaire de la commission de surveillᶜᵉ 300 »			
	Total égal. . . . 22.243ᶠ			
4	Traitement des fonctionⁿᵉˢ et employés du serv. médic.	22.475 »	22.220 81	254 19
	Médecin en chef . . . . 8.000ᶠ »			
	Médecins adjoints. . . . . 7.000 »			
	Internes. 2.560 31			
	Secrétaire. . . . . 2.475 »			
	Surveillant en chef . . . . 1.600 »			
	Opérations et consultations :			
	Dʳ Jean, médⁿ in-dentiste, à Avignon. . . 120 »			
	Dʳ Pansier, oculiste, à Avignon . . . . 30 »			
	Dʳ Montagard, chirurgien, à Avignon . . . 100 »			
	Dʳ Jacquet, chirurgien, à Avignon. . . 335 »			
	Total égal 22.220ᶠ81			
5	Traitement des aumôniers.	2.800 »	2.800 »	»
	Aumônier . . . . 1.400ᶠ »			
	Pasteur. . . . . 1.400 »			
	Total égal . . . 2.800ᶠ »			
6	Vestiaire des sœurs :	8.904 »	9.056 »	80 »
	Budget primitif . . . . 8.904 } 9.116 »			
	Budget additionnel . . . . . . 212 }			
7	Solde des préposés et servants.	125.000	117.506 32	7.493 68
8	Frais de culte.	700 »	598 »	102 »
	Hosties 58 50			
	Vin blanc. 29 50			
	Cierges et bougies 126 90			
	Flamberges . . . . 13 »			
	Encens 4 50			
	Veilleuses. 1 20			
	Traitement de l'organiste . . . . . . 300 »			
	Menues dépenses 64 40			
	Total égal . . . . 598ᶠ »			
	Restant en magasin au 31 décembre 1912 28 35			
	627 35			
	Restant en magasin au 31 décembre 1913 14 »			
	Dépense réelle 613ᶠ35			
9	Frais de sépulture	2.500 »	1.812 17	687 83
	Madapolam 202ᶠ12			
	Bois pour cercueils 1.063 74			
	Creusage des fosses. . . . . 416 »			
	Tannin . . . . 45 »			
	Feuillard 4 61			
	Poignées . . . . 72 »			
	Vis 8 70			
	Total égal 1.812ᶠ17			
10	Frais d'administration, de bureau, etc.	2.300 »	2.185 23	114 77
	Registres et imprimés. 1.858 08			
	Gravure de deux médailles . . . . . . 12 »			
	Timbre à date. 2 50			
	A reporter	196.215ᶠ »	186.588ᶠ20	10.008ᶠ80

ARTICLES du budget	DÉSIGNATION DES DÉPENSES				CRÉDITS ouverts	DÉPENSES effectuées	RESTES non employés
	Report				196.215f »	186.588f20	10.008f80
	Impression du compte moral et du rapport médical			140 »			
	Enregistrement de marchés			26 65			
	Timbr. des journ. à souches de la Recette.			54 »			
	Journaux à souches.			8 »			
	Annuaires.			9 »			
	Bulletin du Ministère de l'Intérieur et des lois et décrets.			14 90			
	Guides de Vaucluse.			15 »			
	Insert. dans div. journ. pr dem. d'infirm.			40 35			
	Menues dépenses.			4 75			
	TOTAL ÉGAL			2.185f23			
11	Contributions				1.450 »	1.249 57	200 43
	Contributions foncières			732 75			
	Canal de la Durance			86 85			
	Canal de la Durançole.			316 80			
	Canal Crillon			95 12			
	Billard			15 05			
	Plaque pour bicyclette			3 »			
	TOTAL ÉGAL			1.249f57			
12	Assurance contre l'incendie et les accidents. . .				2.650 »	2.640 67	9 33
	Incendie : 1.057 47	Le Nord.		87 90			
		L'Union.		87 80			
		La Métropole		87 80			
		L'Aigle		87 75			
		Le Soleil		87 75			
		La Foncière.		87 80			
		La France.		87 85			
		Le Monde		87 75			
		L'Union et Phénix espagnol .		87 80			
		Seine-et-Seine-et-Oise		267 27			
	Accidents : 1.583 20	Accidents du travail.		1.256f85			
		Risques des tiers		186 25			
		Chevaux et voitures.		140 10			
		TOTAL ÉGAL		2.640 67			
13	Pain ou farine :				91.000 »	99.940 46	359 54
		Budget primitif 91.000f	100.300f »				
		Budget additionnel. 9.300					
	Farine et son			99.878 66			
	Margarine.			52 80			
	Menues dépenses.			9 »			
	TOTAL ÉGAL			99.940f46			
	Restant en magasin au 31 décembre 1912			882 86			
				100.823f32			
	Restant en magasin au 31 décembre 1913			2.108 28			
	Dépense réelle			98.715f04			
14	Viande				93.000 »	92.887 45	112 55

DÉSIGNATION	QUANTITÉS achetées	PRIX MOYEN du kilo ou de l'unité	TOTAUX
Viande de boucherie.	67.012k	1,35	90.466f20
Volailles.	57 unités	5,78	330 »
Lapins.	527k50	1,73	914 95
			91.711f15
Glace.			131 30
Boyaux.			145 »
Traitement du vétérinaire.			900 »
TOTAL ÉGAL			92.887f45
Restant en magasin au 31 décembre 1912 . .			1.803 41
			94.690f86
Restant en magasin au 31 décembre 1913 . .			376 35
Dépense réelle.			94.314f51

	A reporter				384.315f »	383.306f35	10.690f65

ARTICLES du budget	DÉSIGNATION DES DÉPENSES		CRÉDITS ouverts	DÉPENSES effectuées	RESTES non employés
	Report		384.315ᶠ »	383.306ᶠ 35	10.690ᶠ 65
15	*Vin, bière, vinaigre :*				
	Budget primitif . . . . . . 40.000ᶠ »	41.000ᶠ »	40.000 »	40.883 49	116 51
	Budget additionnel . . . . . 1.000 »				
	Vin rouge	39.145 22			
	Vinaigre	1.673 02			
	Bouteilles	21 50			
	Bouchons	28 75			
	Menues dépenses	15 »			
	TOTAL ÉGAL	40.883ᶠ 49			
	Restant en magasin au 31 décembre 1912 .	140 98			
		41.024 47			
	Restant en magasin au 31 décembre 1913 .	111 83			
	Dépense réelle	41.136ᶠ 30			
16	*Comestibles :*				
	Budget primitif . . . . . . 92.000 »	105.000ᶠ »	92.000 »	104.759 01	240 99
	Budget additionnel . . . . . 13.000 »				
	Huile	14.648 10			
	Fromage	3.258 82			
	Sel	3.711 85			
	Sucre	3.037 30			
	Macaroni	3.732 56			
	Pâtes de Gênes	460 20			
	Vermicelle	3.580 29			
	Semoule	3.408 »			
	Riz	4.391 10			
	Morue	1.331 44			
	Chocolat	3.451 50			
	Pommes de terre . , ...	6.390 69			
	Pois verts	6.727 52			
	Pois chiches	2.559 36			
	Haricots	5.901 35			
	Lentilles	5.460 83			
	Châtaignes	405 »			
	Café	2.007 95			
	Chicorée	104 »			
	Œufs	12.804 02			
	Olives	334 35			
	Poisson	2.212 »			
	Anchois	616 95			
	Thon	225 »			
	Figues	1.276 32			
	Poivre	360 45			
	Beurre	61 83			
	Margarine	270 60			
	Fruits divers	2.235 98			
	Légumes verts	1.100 »			
	Confitures	3.216 22			
	Biscuits	4.425 59			
	Menues dépenses	1.032 03			
	TOTAL ÉGAL	104.759ᶠ 01			
	Restant en magasin au 31 décembre 1912 .	2.273 18			
		107.032ᶠ 19			
	Restant en magasin au 31 décembre 1913 .	2.047 73			
	Dépense réelle	104.984ᶠ 46			
17	Pharmacie		7.500 »	6.713 48	786 52
	Médicaments	3.525 15			
	Vin	730 »			
	Alcool	453 13			
	Sucre	1.311 80			
	Rhum	313 75			
	Eau de Vichy	25 »			
	Flacons et pots	37 80			
	Tubes de vaccin	15 »			
	Réglisse	152 10			
	Menues dépenses	87 80			
	Instruments de chirurgie	40 50			
	A reporter		523.815ᶠ »	535.662ᶠ 33	11.834ᶠ 67

ARTICLES du budget	DÉSIGNATION DES DÉPENSES	CRÉDITS ouverts	DÉPENSES effectuées	RESTES non employés
	Report	523.815ᶠ »	535.662ᶠ33	11.834ᶠ67
	Seringues 11 85			
	Singolette 9 51			
	TOTAL ÉGAL 6.713ᶠ48			
	Restant en magasin au 31 décembre 1912. 441 49			
	7.154ᶠ97			
	Restant en magasin au 31 décembre 1913. 452 17			
	Dépense réelle 6.702ᶠ80			
18	*Tabac*	2.500 »	2.104 »	396 »
	Tabac et pipes . . . . 1.815ᶠ »			
	Papier à cigarettes . . . . 225 »			
	Briquets 41 50			
	Menues dépenses 22 50			
	TOTAL ÉGAL . . . . . 2.104ᶠ »			
	Restant en magasin au 31 décembre 1912. 19 95			
	2.123ᶠ95			
	Restant en magasin au 31 décembre 1913. 10 50			
	Dépense réelle 2.113ᶠ45			
19	*Lingerie et Vêture :*	38.000 »	37.352 33	647 67
	Articles de lingerie 20.778 82			
	Pantalons, vestes, gilets 5.306 61			
	Chaussures 2.151 69			
	Chapeaux . . . . 150 »			
	Molleton et pèlerines 285 75			
	Cuirs 6.722 49			
	Casquettes 87 50			
	Mercerie 1.150 75			
	Droguerie 68 60			
	Cambrures 20 75			
	Tapis 251 90			
	Dégras 127 50			
	Drap 111 72			
	Brosses 121 05			
	Encre à marquer . . . . 15 »			
	Menues dépenses 2 20			
	TOTAL ÉGAL 37.352ᶠ33			
	Restant en magasin au 31 décembre 1912. 38 10			
	37.390ᶠ43			
	Restant en magasin au 31 décembre 1913. 113 75			
	Dépense réelle 37.276ᶠ68			
20	*Dépenses du coucher*	9.000 »	8.437 90	562 10
	Varech 241ᶠ50			
	Coutil . . . . 70 »			
	Ficelle 87 50			
	Paille 1.555 83			
	Toile 4.625 62			
	Couvertures . . . . 1.365 »			
	Toile caoutchoutée 492 45			
	TOTAL ÉGAL 8.437ᶠ90			
21	*Entretien et renouvellement des meubles*	10.000 »	9.978 16	21 84
	Réparation de chaises 342ᶠ45			
	Réparation à un harmonium . . . . . . 15 »			
	Vaisselle 1.432 60			
	Chaudrons 407 50			
	Bois 1.569 08			
	Instruments agricoles 115 75			
	À reporter	583.315ᶠ »	593.534ᶠ72	13.462ᶠ28

ARTICLES du budget	DÉSIGNATION DES DÉPENSES		CRÉDITS ouverts	DÉPENSES effectuées	RESTES non employés
	Report		583.315f »	593.534f 72	13.462f 28
	Chaudière.	905 »			
	Quincaillerie	3.077 85			
	Droguerie.	92 15			
	Charronnage	179 »			
	Fonderie.	192 76			
	Coutellerie	348 05			
	Balances et poids	234 »			
	Tissus.	71 02			
	Étoupe et ficelle	65 »			
	Cercles de roues	75 »			
	Glace	90 »			
	Roues	150 »			
	Bicyclette.	190 »			
	Lames	48 60			
	Ridelle	27 »			
	Menues dépenses	76 40			
	Cadran	21 50			
	Marbre pour cheminée	14 »			
	Osier	180 20			
	Verres à vitres	68 25			
	TOTAL ÉGAL . . .	9.978f 16			
22	*Blanchissage*		2.500 »	2.457 »	43 »
	Savon.	1.293f 50			
	Carbonate	1.120 »			
	Droguerie.	40 50			
	Menues dépenses	3 »			
	TOTAL ÉGAL	2.457f »			
	Restant en magasin au 31 décembre 1912	507 50			
		2.964f 50			
	Restant en magasin au 31 décembre 1913 .	335 31			
	Dépense réelle	2.629f 19			
23	*Chauffage et éclairage*		46.000 »	42.785 »	3.215 »
	Charbon.	39.069f 43			
	Pétrole.	564 93			
	Allumettes.	40 »			
	Bougies	20 30			
	Fagots	1.246 56			
	Indemnité de chauffage aux fonctionnaires et employés	1.843 78			
	TOTAL ÉGAL	42.785f »			
	Restant en magasin au 31 décembre 1912 .	159 12			
		42.944f 12			
	Restant en magasin au 31 décembre 1913 .	87 86			
	Dépense réelle	42.856f 26			
24	*Entretien des moteurs.*		4.500 »	4.458 24	41 76
	Céloséloxifuge	1.134f »			
	Courroies	318 01			
	Câbles et fils électriques	54 13			
	Soufre	3 50			
	Fournitures pour les bains	235 10			
	Lampes électriques.	410 »			
	Barreaux.	104 20			
	Manchon à friction.	390 »			
	Fournitures pour machines.	289 85			
	Huile pour machines	549 66			
	Mercure	12 »			
	Réparation à une chaudière	151 50			
	Transport de deux lessiveuses	86 40			
	Tuyau avec tubulure.	42 50			
	Robinets.	69 »			
	Réparations à deux flotteurs.	49 »			
	Quincaillerie	461 79			
	Menues dépenses.	28 60			
	TOTAL ÉGAL	4.458f 24			
	A reporter		636.315f »	643.234f 96	16.762f 04

ARTICLES du budget	DÉSIGNATION DES DÉPENSES	CRÉDITS ouverts	DÉPENSES effectuées	RESTES non employés
25	*Report*	636.315f »	643.234f96	16.762f04
	Entretien des bâtiments et murs	11.000 »	10.971 67	28 33
	Crézyl 1.097f55			
	Briques 272 30			
	Paillassons .... 130 »			
	Balais et brosses 1.808 80			
	Pierres de taille 125 73			
	Pétrole .... 45 »			
	Vitres 68 25			
	Treillage 227 50			
	Éponges 150 15			
	Cordeaux .... 6 »			
	Stores 142 15			
	Moellons, chaux, plâtre, ciment 1.240 22			
	Clés .... 48 »			
	Montant de cheminées .... 6 »			
	Poudre insecticide .... 5 »			
	Sciure de bois 1.041 45			
	Bois 429 54			
	Papiers peints 43 75			
	Teinture 26 40			
	Quincaillerie 2.486 08			
	Droguerie 1.512 35			
	Menues dépenses 59 45			
	Total égal 10.971f67			
	Restant en magasin au 31 décembre 1912 . 239 43			
	11.211f10			
	Restant en magasin au 31 décembre 1913 . 216 95			
	Dépense réelle 10.994f15			
26	*Entretien des propriétés*	2.500 »	2.444 39	55 61
	Arbustes 151f90			
	Graines et plants 1.559 68			
	Engrais chimiques 192 15			
	Cordeaux 16 50			
	Plantes diverses 111 50			
	Bois 35 44			
	Phosphore et nicotine 7 10			
	Manche d'arrosage 21 60			
	Tuyaux en caoutchouc .... 72 »			
	Soc de charrue .... 6 »			
	Ferblanterie 21 25			
	Roseaux 3 60			
	Échalotes, pissenlits, gazon 81 46			
	Raphia et tourteaux 72 70			
	Mercuriales .... 20 »			
	Menues dépenses 71 31			
	Total égal 2.444 39			
27	*Gratifications aux travailleurs*	10.000 »	9.951 60	48 40
	Pécule remis aux aliénés travailleurs ... 9.764f80			
	Compléments de pécule (jusqu'à concurrence de 15 francs) remis aux travailleurs sortis guéris 186 80			
	Total égal 9.951f60			
28	*Fourrage et litière :*			
	Budget primitif ..... 8.000 } 14.000 »	8.000 »	12.912 »	1.088 »
	Budget additionnel ... 6.000 }			
	A reporter	667.815f »	679.514f62	17.982f38

ARTICLES du budget	DÉSIGNATION DES DÉPENSES	CRÉDITS ouverts	DÉPENSES effectuées	RESTES non employés
	Report	667.815ᶠ »	679.514ᶠ62	17.982ᶠ38
	Bourrellerie. 662ᶠ65			
	Maréchalerie 321 30			
	Pommes de terre 2.705 62			
	Avoine 938 80			
	Son et semille. 1.515 24			
	Paille. 4.688 80			
	Brosses. . . . . 30 »			
	Réparations de machines agricoles. . 33 70			
	Battage. . . . . 138 »			
	Location d'une remise . . . . . . 200 »			
	Menues dépenses. 11 25			
	Coprah 593 94			
	Farine d'orge et maïs 847 70			
	Poudre nivernaise. . . . . . . 125 »			
	TOTAL ÉGAL. . . . 12.912ᶠ »			
	Restant en magasin au 31 décembre 1912. 5.529 19			
	18.441ᶠ19			
	Restant en magasin au 31 décembre 1913. 5.064 58			
	Dépense réelle 13.376ᶠ61			
28 *bis*	*Écurie, vacherie, porcherie :*			
	Budget primitif . . . . . 11.000ᶠ » } 12.000ᶠ »	11.000 »	11.867 75	132 25
	— additionnel . . . . . 1.000 » }			
	Achat de 2 laies et de 240 porcelets. . . 7.581 »			
	— de 2 chevaux. 2.012 50			
	— de 2 vaches laitières . . . . . 1.160 »			
	Soultes pour échange de 8 vaches. . . . 1.107 75			
	Menues dépenses. 3 50			
	TOTAL ÉGAL 11.867ᶠ75			
	Restant en magasin au 31 décembre 1912. 25.940 »			
	37.807ᶠ75			
	Restant en magasin au 31 décembre 1913. 26.852 50			
	Dépense réelle 10.955ᶠ25			
29	*Dépenses imprévues :*	1.000 »	680 »	320 »
	Secours à Mᵐᵉ Cluchier, veuve d'un agent de l'asile 100ᶠ			
	Secours à Mᵐᵉ Augé, veuve d'un employé d'administration. . . . . 200 »			
	Indemnités à MM. Casillion, Scotti et Clergues, internes, pour travail supplémentaire pendant les mois de septembre, octobre et novembre en attendant la nomination du quatrième interne (60 fr. à chacun) . . . . 180 »			
	Restitution d'un cautionnement à M. Blanchard, entrepreneur de maçonnerie à Marseille, constructeur de la cheminée de la cuisine . . . . 200 »			
	TOTAL ÉGAL . . . . 680ᶠ »			
30	Restitution de trop-perçu	500 »	»	500 »
31	Transport d'aliénés	2.500 »	1.919 25	580 75
32	Remboursement d'avances faites aux familles	4.000 »	3.629 76	370 24
33	Domestiques au compte des familles . . .	1.780 »	1.753 65	26 35
34	Avances à l'administrateur provisoire . . .	500 »	23 55	476 45
35	Frais de timbre et de correspondance . . .	750 »	743 30	6 70
36	Gratifications au personnel	2.500 »	2.395 »	105 »
37	*Retraites aux reposants :*			
	Budget primitif . . . . . . 1.700ᶠ » } 1.740ᶠ »	1.700 »	1.710 »	30 »
	— additionnel . . . . . . 40 » }			
	Mᵐᵉ Vacheyran . . . . 300ᶠ »			
	M. Reboul . . . . 300 »			
	Allocation mensuelle de 5 fr. à chaque reposant . . . . 1.110 »			
	TOTAL ÉGAL . . . . 1.710 »			
38	*Livres, récréations et fêtes*	1.500 »	827 45	672 55
	Abonnements et fournitures diverses . . . 422ᶠ35			
	Reliure. 61 50			
	Jeu de dames . . . . 18 »			
	A reporter	695.545ᶠ »	703.064ᶠ33	21.202ᶠ67

ARTICLES du budget	DÉSIGNATION DES DÉPENSES	CRÉDITS ouverts	DÉPENSES effectuées	RESTES non employés
	Report	695.545ᶠ »	705.064ᶠ33	21.202ᶠ67
	Cartes à jouer. 24ᶠ60			
	Représentations et concerts . . . . 160 »			
	Réparation à un piano. 10 50			
	Promenade des malades à la fontaine de Vaucluse 99 65			
	Menues dépenses 30 85			
	TOTAL ÉGAL. . . . 827ᶠ45			
39	Abonnement au téléphone.	350 »	255 43	94 57
40	Secours de route aux aliénés sortants.	150 »	24 »	126 »
41	Vidange des fosses	3.500 »	2.555 88	944 12
42	Subvention à la Caisse départementale des Retraites .	3.370 »	3.370 »	»
43	Indemnités de déplacement aux médecins.	300 »	300 »	»
	Médecin en chef. . . . . 150ᶠ »			
	Médecins adjoints (75 fr. à chacun) . . . . 150 »			
	TOTAL ÉGAL . . . 300ᶠ »			
44	Pension à Mᵐᵉ Gay, veuve d'un agent de l'asile	120 »	120 »	»
45	Dépense d'exploitation de la carrière	»	»	»
	SECTION II			
	CONSOMMATIONS EN NATURE			
	Revenus en nature :			
46	Partie servant à la consommation	70.000 »	82.867 29	»
	Budget primitif . . . . . . 70.000ᶠ » } 82.867ᶠ29 Complément obligatoire . . . 12.867 29 }			
	Partie vendue au dehors	»	»	»
	Évaluation du travail des aliénés :			
47	Partie servant à la consommation	100.000 »	95.965 »	4.035 »
	Partie vendue au dehors	»	»	»
	TOTAUX des dépenses ordinaires . . .	873.335ᶠ »	890.521ᶠ93	26.402ᶠ36

ARTICLES du budget	DÉSIGNATION DES DÉPENSES	CRÉDITS ouverts	DÉPENSES effectuées	RESTES non employés
	CHAPITRE II			
	DÉPENSES EXTRAORDINAIRES			
48	Annuité au Crédit foncier	24.841 88	24.841 88	»
49	Secours annuel à M. Seau, ancien employé d'administration	200 »	200 »	»
50	Produits pour le laboratoire médical.	200 »	»	200 »
51	Grosses réparations aux constructions neuves	5.000 »	4.978 30	21 70
	Carrelage 258ᶠ65			
	Chaux . . . . 64 »			
	Briques . . . . 20 »			
	Pose de gouttières . . . . 42 »			
	Installation d'un distributeur d'eau pour baignoires 675 10			
	Verres dépolis. . . . . 61 »			
	Marmite en fonte avec bague d'arrêt . . . 362 »			
	Machine à laver 2.381 30			
	Gueulard de chaudières 76 80			
	Fournitures pour machines et réparations. 1.034 45			
	TOTAL ÉGAL. 4.978ᶠ30			
52	Frais de concours d'adjuvat.	100 »	73 70	26 30
53	Comestibles.	20.000 »	11.215 47	8.784 53
	Fournitures faites pendant le quatrième trimestre de 1912, et dont la dépense a été reportée au budget primitif de l'exercice 1913, suivant décision modificative approuvée par délibération du Conseil général en date du 16 avril 1913 :			
	Sel. 505 38			
	Huile. 3.114 67			
	Pâtes alimentaires 2.153 96			
	Légumes secs 5.441 46			
	TOTAL ÉGAL. 11.215ᶠ47			
	TOTAUX des dépenses extraordinaires . . .	50.341ᶠ88	41.309ᶠ35	9.032ᶠ53

ARTICLES du budget	DÉSIGNATION DES DÉPENSES	CRÉDITS	DÉPENSES	RESTES À payer à reporter à l'exercice 1914	RESTES non employés
	CHAPITRE III				
	DÉPENSES SUPPLÉMENTAIRES				
	Budget additionnel				
1	Traitement du directeur . . . . Rattaché à l'article 1.	170¹ »	»	»	»
2	Vestiaire des sœurs . . . . . . — 6.	212 »	»	»	»
3	Pain ou farine . . . . — 13.	9.300 »	»	»	»
4	Vin et vinaigre . . . . — 15.	1.000 »	»	»	»
5	Comestibles . . . . — 16.	13.000 »	»	»	»
6	Fourrage et litière . . . . . . — 28.	6.000 »	»	»	»
7	Écurie, vacherie, porcherie. . . — 28 bis.	1.000 »	»	»	»
8	Retraites et allocations aux reposants . . . . — 37.	40 »	»	»	»
9	Indemnité de chaussure aux religieuses	500 »	500¹ »	»	»
10	Travaux de carrelage	5.481 19	5.480 93	»	0¹ 26
11	Agrandissement de la salle de jour du petit pensionnat des dames. (Projet voté par le Conseil général dans sa séance du 20 août 1912. — Travaux incombant au département)	»	»	»	»
12	Travaux de grosses réparations aux divers bâtiments de l'asile. (Projet voté par le Conseil général dans sa séance du 20 août 1912. Travaux incombant au département.)	»	»	»	»
13	*Restes à payer de l'exercice 1905 :* Exploitation de la carrière.	2.107 95	»	2.107 95	»
	Complément obligatoire : Revenus en nature : Partie servant à la consommation : 12.867¹ 29 . . . . Rattaché à l'article 46.	»	»	»	»
	Totaux des dépenses supplémentaires	38.811¹ 14	5.980¹ 93	2.107¹ 95	0¹ 26
	RÉCAPITULATION				
	Dépenses ordinaires.	873.335¹ »	890.521¹ 93	»	26.402¹ 36
	Dépenses extraordinaires	50.341 88	41.309 35	»	9.032 53
	Dépenses supplémentaires.	38.811 14	5.980 93	2.107 95	0 26
	Totaux des dépenses.	962.488 02	937.812¹ 21	2.107¹ 95	35.435¹ 15
	Complément obligatoire	12.867 29			
	Totaux généraux des dépenses. . .	975.355¹ 31			

INVENTAIRE DU CHEPTEL

AU 31 DÉCEMBRE 1913

Écurie.

5 chevaux à 800 francs. 4.000^f »
1 cheval à 1.212 fr. 50. 1.212 50
1 mulet à 600 francs . . 600 »
1 âne à 100 francs . . . 100 »

} 5.912^{f}50

Étable.

11 vaches à 580 francs. . . . . . . 6.380^f

Porcherie.

208 porcs à 70 francs. . . . . 14.560^f

TOTAL. . . 26.852^{f}50

RÉCAPITULATION GÉNÉRALE
ET SITUATION FINANCIÈRE

Les recettes ordinaires ont
été de. 914.005ᶠ 67
Les recettes extraordinaires.
de. . . . . 20.000 ₦ 938.097ᶠ 94
Les recettes supplémentai-
res, de. 4.092 27

Les dépenses ordinaires ont
été de. 890.521ᶠ 93
Les dépenses extraordinai-
res, de. 41.309 35 937.812ᶠ 21
Les dépenses supplémentai-
res, de. 5.980 93

D'où un excédent de recettes de 285ᶠ 73
auquel il convient d'ajouter l'excédent de
recettes de l'exercice précédent, s'éle-
vant à. 19.698 87

Le résultat définitif de l'exercice 1913, égal
à celui qui figure sur le compte de gestion du receveur, est donc représenté par
un excédent de recettes de 19.984ᶠ 60
Somme à laquelle il y a lieu d'ajouter les
restes à recouvrer :
1º Des recettes ordinaires. 9.647ᶠ 86
2º Des recettes supplémen- 12.512ᶠ 15
taires 2.864 29

Ce qui donne un total de 32.496ᶠ 75

D'où il faut déduire le montant des restes
à payer, savoir :
Dépenses d'exploitation de la carrière
(art. 13 du budget additionnel) 2.107ᶠ 95

Le résultat définitif de l'exercice 1913 est
donc représenté par un excédent de re-
cettes de. 30.388ᶠ 80

PRIX DE REVIENT

Le prix de revient par jour des malades de chaque
classe s'obtient en divisant les dépenses en trois catégories.

La première catégorie comprend les dépenses s'appli-
quant à tous les malades (frais généraux);

La deuxième, celles afférentes aux indigents seule-
ment;

La troisième, la dépense de nourriture.

TABLEAU

1re CATÉGORIE

Dépenses applicables a tous les malades

Nos d'ordre	DÉSIGNATION DES DÉPENSES	MONTANT des dépenses
1	Traitement du directeur	4.166ʳ 67
2	— du receveur	4.000 »
3	— de l'économe et des employés.	22.213 »
4	— des fonctionnaires et employés du service médical.	22.220 81
5	— des aumôniers.	2.800 »
6	Vestiaire des sœurs	9.056 »
7	Solde des préposés et servants.	117.506 32
8	Frais de culte	598 »
10	Frais d'administration, de bureau, d'impression, etc.	2.185 23
11	Contributions.	1.249 57
12	Assurances contre l'incendie et les accidents.	2.640 67
13	Pain ou farine . . .	
14	Viande	Estimation de la dé-
15	Vin, bière, vinaigre.	pense du personnel 86.543 36
16	Comestibles.	
17	Dépenses de pharmacie	6.713 48
19	Lingerie et vêture.	7.729 77
20	Dépenses du coucher	8.437 90
21	Entretien et renouvellement des meubles. .	9.978 16
22	Blanchissage.	2.457 »
23	Chauffage et éclairage.	42.785 »
24	Entretien des moteurs	4.458 24
25	Entretien des bâtiments et murs.	10.971 67
26	Entretien des propriétés.	2.444 39
29	Dépenses imprévues.	680 »
34	Avances à l'Administrateur provisoire des biens des aliénés.	23 55
35	Frais de timbre, correspondance avec les familles.	743 30
36	Gratifications au personnel.	2.395 »
37	Retraites aux reposants	1.710 »
38	Livres, récréations et fêtes.	827 45
39	Abonnement au téléphone.	255 43
42	Vidange des fosses	2.555 88
43	Subvention à la Caisse départementale des retraites.	3.370 »
44	Indemnité de déplacement aux médecins. .	300 »
45	Pension à la veuve Gay.	120 »
	Dépenses extraordinaires.	
49	Annuité au Crédit foncier	24.841 88
50	Secours annuel à M. Seau, ancien employé.	200 »
51	Grosses réparations et constructions neuves.	4.978 30
52	Frais de concours pour l'adjuvat	73 70
	Total.	414.259ʳ 73

Cette somme de 414.259ᶠ 73 représente le total des frais généraux communs à toutes les catégories d'aliénés (pensionnaires et indigents) traités pendant l'année 1913.

En la divisant par 556.878, nombre total des journées de présence, on obtient :

$$414.259^f 73 : 556.878 = 0^f 7438.$$

La part contributive de chaque malade dans les frais généraux est donc de 0ᶠ 7438.

DEUXIÈME CATÉGORIE

Dépenses applicables aux aliénés indigents

DÉSIGNATION DES DÉPENSES	MONTANT des dépenses
Frais de sépulture (Part contributive des indigents)	1.281 17
Tabac	2.104 »
Lingerie (Partie de la somme inscrite à l'article 19 du budget et ayant servi à l'entretien du vestiaire des indigents)	29.622 56
Pécule (Gratifications aux travailleurs)	9.951 60
Secours de route aux aliénés sortants	24 »
Total	42.983 33

Cette somme de 42.983ᶠ 33, divisée par le nombre des journées de présence des aliénés indigents traités pendant l'année 1913, donne comme prix moyen :

$$42.983^f 33 : 480.323 = 0^f 0894$$

La dépense spécialement applicable à chaque aliéné indigent est donc de 0ᶠ 0894.

TROISIÈME CATÉGORIE

NOURRITURE

D'après les renseignements fournis par l'économat :

1re classe.	1f 960
2e —	1 550
3e —	1 098
4e —	0 661
Indigents.	0 661

Régime commun

Résumé général de la dépense individuelle par jour

CLASSES	1re CATÉGORIE — Dépenses s'appliquant à tous les malades	2e CATÉGORIE — Dépenses s'appliquant spécialement aux indigents	3e CATÉGORIE — Nourriture	PRIX de revient
1re classe	0f 7438	»	1f 960	2f 7038
2e classe	0 7438	»	1 550	2 2938
3e classe	0 7438	»	1 098	1 8418
4e classe	0 7438	»	0 661	1 4048
Indigents. . . .	0 7438	0f 0894	0 661	1 4942

Régime commun (4e classe et Indigents)

Exploitation agricole

RECETTES		DÉPENSES	
Désignation	Sommes	Désignation	Sommes
Légumes frais. . . .	28.886f 11	Préposés à la culture (7)	9.090f »
Fruits divers	1.524 80	Arbres et arbustes.	267 40
Pommes de terre . .	3.538 19	Pommes de terre pour semence. . .	760 »
Betteraves	108 07		
Foin	9.900 48	Graines.	816 44
Bois à brûler. . .	2.147 04	Plants	62 50
Avoine	1.152 80	Battage d'avoine . .	138 »
Paille, orge.	523 50	Engrais chimiques .	321 06
Glands	52 98	Achat et entretien des instruments agricoles	157 70
Employé :		Divers	121 94
		Roseaux	46 60
Fumier (paille ayant servi à faire le fumier : 100.000 kil. à 3f49 les 100 kil.).	3.490 »	Location bétail . . .	» »
		Tuyau toile caoutchouc.	72 »
Terreau.	626 »	3 chevaux, 1 mulet (nourriture 1 franc par jour)	1.464 »
		Paille.	3.490 »
		Terreau.	626 »
		Pécule des travailleurs (10.108 jours à 0f10)	1.010 80
Recettes	48.919f 97	Supplément de nourriture à 33 travailleurs à 59f30 . . .	1.956 90
Rappel des dépenses.	20.401 34		
Bénéfices.	28.548f 63	Dépenses	20.401f 34

Vacherie

RECETTES		DÉPENSES	
Désignation	Sommes	Désignation	Sommes
		Préposé.	1.400f »
		Son : 2.500 kil. à 14 fr.	312 50
		Farine orge et farine maïs	137 10
Lait : 44.047 litres à 0f 30	13.214f 55	Fourrages.	5.480 »
		Tourteaux	593 94
		Betteraves	108 07
		Pécule : 786 jours à 0f 10	78 60
Rappel de la dépense.	9.546 31	Supplément de nourriture à 2 travailleurs à 39f 30 . .	118 60
		Moins-value du troupeau	1.317 50
Bénéfice	3.668f 24	Dépenses.	9.546f 31

Porcherie

RECETTES		DÉPENSES	
Désignation	Sommes	Désignation	Sommes
		Préposé	1.200f »
Vente de porcs, 14.415 kg. à prix divers.	15.639f 01	Pommes de terre (41.570 kg. à 7f 50).	3.117 75
		Fourrage (3.500 kg. à 6f 85 les 100 kg.) .	239 75
		Son (280 kg. à 12f 50 les 100 kg.)	35 »
Viande de porc consommée (6.338 kg.).	6.845 04	Senille (5.680 kg. à 16 fr. les 100 kg.) .	908 80
		Achat de porcelets .	7.587 50
Recettes	22.484f 05	Pécule des travailleurs (2.068 journées à 0f 10) . . .	206 80
		Supplément de nourriture à 6 travailleurs à 59f 30 . . .	355 80
Rappel des dépenses.	15.881 40	Charbon	400 »
		Eaux grasses (évaluation)	1.830 »
Bénéfice	6.602f 65	Dépenses	15.881f 40

Le compte administratif que j'ai l'honneur de présenter a été établi d'après les comptes de gestion de l'économe et du receveur.

Ce compte donne lieu aux constatations suivantes :

Recettes.

Les recettes, tant ordinaires qu'extraordinaires (montant des titres), accusent, sur les prévisions budgétaires, une moins-value de 2.454^{f}88.

Une plus-value a été constatée sur les pensions de 1re et 2e classes. Mais les recettes provenant des pensions de 3e classe n'ont pas atteint les prévisions budgétaires. Les recettes provenant des pensions de 4e classe ont été à peu près égales au montant des prévisions. Il en a été de même pour les autres recettes.

Dépenses.

Les sommes prévues ont été supérieures de 37.543^{f}10 aux sommes dépensées.

Le résultat définitif de l'exercice 1913 est représenté par un excédent de recettes de 30.388^{f}80, se décomposant de la manière ci-après :

Recettes effectuées. . . .	938.097^{f}94	
Restes à recouvrer. . . .	12.512 15	970.308^{f}96
Reliquat de l'exercice 1912.	19.698 87	
Dépenses effectuées . . .	937.812^{f}21	
Restes à payer	2.107 95	939.920^{f}16
Excédent de recettes (Résultat définitif).		30.388^{f}80

Le résultat définitif de l'exercice 1912 semblait être représenté par un excédent de recettes de .   45.833ᶠ 64

Mais il y a lieu de déduire une dépense de   11.215 47 afférente à l'exercice 1912, provenant d'un dépassement de crédit constaté à l'article 16 « Comestibles », et payée sur le budget de 1913, conformément à une décision modificative en date du 16 avril 1913.

                    Reste. 34.618ᶠ 17

Le résultat définitif de l'exercice 1913, représenté par la somme de 30.388 80

est donc inférieur de . . . .   4.229ᶠ 37 à celui de l'exercice précédent.

DOMAINE AGRICOLE

Le rendement du domaine agricole a été supérieur à celui de l'année précédente.

Il accuse un bénéfice de 28.548ᶠ63, tandis que le bénéfice constaté en 1912 ne s'élevait qu'à 17.230ᶠ57, soit une différence de 11.318ᶠ06 en faveur de l'année 1913.

Cette augmentation porte notamment sur la hausse du prix des légumes frais, des fruits, du foin, et sur une plus grande production d'avoine.

D'autre part, les dépenses ont été diminuées de 2.000 francs par suite de la suppression de l'emploi de chef de culture.

VACHERIE

La production du lait a été de 44.047 litres en 1913, alors qu'elle n'avait été que de 40.338 litres en 1912. Soit 3.709 litres de plus en 1913.

Ce résultat est dû à l'augmentation du nombre de vaches (une de plus en 1913).

PORCHERIE

Le bénéfice réalisé sur la porcherie a été de 6.602^{f}65 en 1913, alors qu'il avait été de 9.238^{f}22 en 1912, soit une différence en moins de 2.635^{f}57 constatée en 1913.

Cette différence en moins provient notamment d'une baisse du prix de vente des porcs et d'une hausse du prix d'achat des pommes de terre ayant servi à leur nourriture.

AMÉLIORATIONS RÉALISÉES

Réparations à un bâtiment incendié (logement de M. Labonde, archiviste);

Réparations aux murs de clôture;

Remplacement de deux chaudrons à la porcherie;

Confection de 100 mètres de drainage en maçonnerie pour l'irrigation des terrains situés à l'est de la ferme de Bel-Air;

Achat d'une machine américaine en remplacement de deux lessiveuses dites « cinq pans »;

Remplacement à la chapelle de 30 mètres carrés de dalles;

Blanchiment de toutes les sections;

Aménagement, à la vacherie, d'une chambre pour le vacher;

Peinture à une couche de tous les murs et de toutes les boiseries du petit pensionnat des dames et de l'infirmerie des hommes. Réparations diverses aux murs et boiseries de ces quartiers;

Remplacement de la cloche du calorifère de l'infirmerie des hommes;

Agrandissement d'une chambre d'infirmier à la 6ᵉ section des hommes ;

Réfection complète des carrelages des dortoirs du premier étage des 2ᵉ et 7ᵉ sections des hommes et des 1ʳᵉ, 2ᵉ, 3ᵉ, 6ᵉ et 7ᵉ sections des femmes ;

Remplacement de la chaudière dite « chauffe-bains » et réparations à la chaudière pour le chauffage à eau chaude de la 9ᵉ section des femmes ;

Achat d'une poulie à friction permettant l'embrayage et le débrayage instantanés de la machine de la buanderie ;

Relèvement du prix de la pension de 4ᵉ classe (le prix a été porté de 529ᶠ25 à 600 francs par an à partir du 1ᵉʳ janvier 1914) ;

Achat d'une chaudière pour les bains des hommes ;

Bétonnage d'une rigole parallèle au canal de l'hôpital pour permettre l'irrigation des parcelles de terrain destinées à la culture maraîchère.

AMÉLIORATIONS A RÉALISER

Agrandissement de la salle de jour du petit pensionnat des dames ;

Construction de fosses d'aisances à la lingerie et au petit pensionnat des dames ;

Recrépissage des façades extérieures et remplacement des gouttières et corniers de divers bâtiments ;

Achat de sommiers à lames métalliques en remplacement des paillasses restant en service ;

Modification à apporter aux toitures des galeries des pensionnats, réfection des plafonds de ces galeries et des peintures ;

Carrelage de diverses salles ;

Dallage en ciment sur béton du trottoir de la galerie de la 3e section des hommes. Même dallage à l'abattoir ;

Caniveaux en ciment aux 8e et 9e sections des femmes pour l'écoulement des eaux pluviales ;

Galerie sur piliers, couverte en tuiles, adossée à la façade est de la 6e section des femmes.

Telles sont les améliorations réalisées et à réaliser sur lesquelles j'ai tenu, Monsieur le Préfet, à appeler votre attention et celle du Conseil général.

Montdevergues, le 25 juin 1914.

Le Directeur,
ROBERT LACROIX.

NANCY-PARIS, IMPRIMERIE BERGER-LEVRAULT